AF245831

LES QUATRE SAISONS.

POËME.

PAR M. LE BRET.

Nos Patriæ fines & dulcia linquimus arva ;
Nos Patriam fugimus. . . . .

VIRGIL. Ec. Ia.

A GENÈVE.

Et se trouve à Paris,

M. DCC. LXIII.

LES
QUATRE SAISONS,
POËME.

LE PRINTEMS.

Je chante du Printems l'agréable victoire,
Le retour, la beauté, la douceur & la gloire ;
Je chante ses attraits. Glorieux Apollon,
Conduis mes premiers pas dans le Sacré Vallon,
Viens guider le pinceau de ma Muse naissante :
La raison à son âge est toujours chancelante.

L'hyver, l'affreux hyver a quitté nos climats :
La neige, les glaçons, la pluie & les frimats,
Du tableau de la Mort effrayante peinture,
Ont cessé d'outrager la mourante Nature.
De deux Freres mutins [1] les criminels complots
Ne portent plus l'horreur dans l'abîme des flots.
Neptune [2] regne en paix ; le Nocher moins timide,
Sous l'auspice flatteur de la main qui le guide,

---

[1] Borée & Aquilon.

[2] Neptune étoit un des enfans de Saturne, auquel échut le commandement des Eaux, dans le partage de l'Univers. Il avoit pour

A

Affronte les dangers fur le vafte Océan,
Et conduit fes tréfors du Levant au Couchant.
On voit des Payfans la troupe mercénaire,
Déteftant le repos, bêcher, creufer la terre :
L'auftere Laboureur, rougi dans fon foyer,
Cultive les guérets dont il eft héritier :
Le Fermier-vigneron abandonne fes granges,
Pour aller vifiter l'efpoir de fes vendanges.
Il fait battre fon bled & vuider fon cellier,
Il fait fournir fa cave & remplir fon grenier.

Le pauvre & l'orphelin, roidis dans leur chaumiere,
Du champ de l'indigence ont fermé la barriere,
Et vivent maintenant fous leurs paifibles toits,
Plus heureux que les Grands dans le Louvre des Rois.

Les troupeaux bondiffans dans la verte prairie,
Ont quitté pour fix mois leur trifte bergerie,
Et, de nouveau foumis à la garde du chien,
Cherchent leur vrai bonheur & leur fouverain bien.

Le Berger, ennuyé de fa fombre retraite,
Se bâtit un palais auprès de fa houlette :
Son trône eft tapiffé d'un Lilas argentin,
Que nuit & jour careffe un amoureux Jafmin.
L'innocente beauté de fon architecture
Etale à petit bruit les fecrets de nature.

La Bergere Suzon fait redire aux échos
Ses tranfports amoureux & fes plaifirs nouveaux :

---

fceptre un trident, & pour charriot une grande coquille de mer,
qu'il faifoit traîner, ou par des baleines & des veaux marins ; ou
par des chevaux, qui avoient en bas la forme de poiffon.

Par l'accord plus flatteur & plus doux de sa lyre ;
Elle annonce aux oiseaux le retour du Zephyre ;
Des premiers dons de Flore elle fait un bouquet,
Que son adroite main attache à son corset.

ALEXIS, des Bergers de tout le voisinage
Le Berger le plus beau, accourt lui faire hommage
D'un agneau de huit jours, tout couvert de rubans,
Et couronné de fleurs ; sans compter les présens
Que son cœur amoureux, dans un doux tête à tête,
Offre au sien enflammé, chaque jour sur l'herbette.

PERCHÉS sur les rameaux des hêtres des Boccages,
Les oiseaux amoureux, par leurs tendres ramages,
Par leurs gazouillemens & leurs tendres concerts,
Font jaser les échos & retentir les airs.
Ils commencent leur chant au lever de l'aurore,
Au coucher du soleil on les entend encore.

MALGRÉ tous les appas de l'Amour enchanteur,
L'intrépide Guerrier reconnoît son erreur,
Et regarde le sang qui coule dans ses veines,
Comme un dépôt sacré que les grands Capitaines
Ont toujours prodigué pour le solide éclat,
Pour la gloire du Prince & le bien de l'État.
La Discorde paroît, on répand les alarmes,
On s'assemble, on conspire, on court, on vole aux armes ;
Le retour du Printems ranime le Soldat,
Et fait qu'avec courage il se livre au combat.

AGRÉABLE Saison pour la tendre Jeunesse !
Consolante Saison pour la triste Vieillesse !
L'enfant, dans le jardin oubliant le berceau,
Amuse son Ayeul sur le bord du tombeau.

Le Vieillard réfléchit sur sa race future ,
Voyant l'heureux succès de sa progéniture ?
Il entretient son fils du suprême bonheur,
De tout ce qui respire il lui vante l'Auteur.
Avec un doigt tremblant , il montre à ce jeune être
Le sentier des vertus qu'il n'a fait que connoître.

ON voit naître par-tout de nouveaux agrémens,
Tantôt nouveaux objets , tantôt nouveaux présens.
La Terre ouvre son sein aux délices de Flore [1],
Sur le gazon naissant on voit les fleurs éclore.
La tendre Violette & le charmant Œillet ,
La belle Renoncule [2] & le simple Muguet ,
La double Giroflée & la blanche Julienne ,
Le Narcisse à bouquets [3], l'Hyacinthe de Sienne [4],

---

[1] La Déesse des Fleurs.

[2] Cette Plante est ainsi nommée , parcequ'elle a été tirée d'endroits marécageux , lieux ordinairement habités par les grenouilles , en Latin *Rana* , dont on a fait le mot *Ranunculus* , en François, Renoncules. Il n'y a que deux especes de Renoncules , la Pivoine & la semi-double. L'une & l'autre ont une petite racine en forme de griffe. La Renoncule Pivoine porte une grosse fleur rouge , ponceau , & est très double. Elle ne donne point de graines , & ne porte que deux ou trois fleurs par griffe.

La semi-double au contraire fournit de la graine , excepté quelques especes , & donne quelquefois jusqu'à vingt fleurs par griffe.

[3] Il y a plusieurs sortes de Narcisses. Les uns sont blancs ; les autres sont jaunes , & ne produisent qu'une fleur sur la tige : les autres forment une espece de bouquet ; c'est-à-dire , qu'on voit plusieurs fleurs sur la même tige. Les Hollandois ont extrêmement multiplié les variétés des Narcisses à bouquets.

[4] L'Hyacinthe de Sienne est de la famille des Muscaris : mais elle n'a point d'odeur , & sa fleur est différente. C'est une grosse houppe bleue , formée de plusieurs brins distincts : elle fleurit en Avril.

Le Lys enfanglanté [1], le Lys Pomponium [2],
Le Lys blanc panaché [3], le Lys Pancratium [4],
Le Rofier rouge & blanc, l'Etoile, la Jacée [5],
Le Jafmin [6], l'Anonis [7], le Lilas [8], la Penfée,
La Mauve [9], la Jonquille [10], & la Belladona [11],

---

1 Le Lys enfanglanté fait plaifir à tous les Amateurs de Jardins.

2 Le Lys Pomponium eft un oignon affez gros, & en écailles, comme ceux des Lys ordinaires. Je regarderois volontiers cette plante comme un Martagon, parceque toutes les feuilles, qui forment fa fleur, fe retournent en crochet, comme la fleur des Martagons. Celle du Lys Pomponium n'eft pas bien forte. Sa couleur eft aurore foncée, & la tige qui la porte, n'a pas plus d'un pied de haut.

3 Le Lys blanc. Tout le monde connoît cette plante.

4 Le Lys Pancratium, ou Lys Narciffe, parcequ'il tient de ces deux plantes. Il fleurit en bouquet au moi de Mai, & fes fleurs font blanches, fans odeur, & en forme de calice. Elles ne font pas groffes, & la tige à fleurs ne s'éleve pas à plus d'un pied. Il y a encore plufieurs fortes de Lys connus dans le Jardin François.

5 La Jacée eft une plante un peu forte, qui produit une grande quantité de petites fleurs rouges doubles, & qui aime beaucoup l'eau.

6 Il y a plufieurs fortes de Jafmins, le jaune, le jonquille, le blanc ordinaire, l'Efpagnol, &c.

7 Sa fleur, qui vient au mois de Mai, eft légumineufe, & fa couleur eft d'un rouge tendre.

8 Il y a deux fortes de Lilas; le Lilas commun & le Lilas de Perfe. Ce dernier furpaffe l'autre en beauté.

9 Il y a plufieurs fortes de Mauves, & la Rofe qu'on appelle *Trénieres*, eft une de ces efpeces. Il y en a deux autres, qui font encore très jolies; favoir, celle qu'on nomme Mauve des Jardins, & la Mauve *Lavaterre*. La premiere a une belle feuille large & d'un beau verd, & fournit une fleur en entonnoir, d'un beau pourpre. La fleur de la feconde eft beaucoup plus groffe que celle de la premiere, & eft de couleur de rofe tendre.

10 Nous avons plufieurs fortes de Jonquilles, la fimple & la double. C'eft à Caen & à Bayeux qu'on trouve les plus belles.

11 La Belladona. Je ne veux point parler d'une plante de Botanique,

Le Soleil, la Tulipe [1] & le Muscipula,
Le Pavot, l'Aconit [2], le Geum [3], la Scabieuse [4],
L'Anémone [5], l'Iris, l'Arum [6], la Tubéreuse [7],
Répandent une odeur qui flatte tous les sens,
Et rend à la Beauté ses premiers ornemens *.

---

qui portte ce nom, & qui est dangereuse; mais il s'agit ici d'un gros oignon, qui porte un très beau lys de couleur de rose.

1 C'est dans cette plante que la Nature s'est plue à rassembler toutes ses différentes couleurs. La beauté d'une Tulipe consiste, 1°. dans la hauteur de sa baguette; 2°. dans la forme de son calice, qui doit être grand, large, sans être évasé; 3°. dans les nuances de ses couleurs, qui doivent être bien distinctes & bien coupées.

2 L'Aconit ou Casque, jette des tiges de la hauteur de quatre pieds, & quelquefois plus, dont les sommités sont chargées d'une grande quantité de fleurs bleues, qui représentent un vrai casque à la Grecque, sans pennache. En relevant ce Casque, on trouve comme deux pistolets. Cette plante fleurit à la fin de Mai.

3 Le Geum est une très jolie plante; mais il faut une loupe pour en voir toutes les beautés. C'est une plante basse, qui jette plusieurs tiges de la hauteur de trois ou quatre pouces, au bout desquelles on voit une grande quantité de petites fleurs, qu'on prendroit pour de l'email piqueté d'un beau rouge, & surmonté d'une petite aigrette rouge.

4 Il y a plusieurs variétés dans la Scabieuse; mais nos Jardiniers ne connoissent que celles qui sont d'un pourpre noir. J'en connois cependant de blanches, de couleur de rose & de panachées.

5 Une plante d'Anémones dans un Jardin, fait un très beau coup d'œil au mois d'Avril, par la variété de ses couleurs & de ses belles peluches. C'est de Caen & de Bayeux, qu'on tire les belles Anémones.

6 Nous avons plusieurs Arums qui sont naturels en France; mais aucun d'eux ne peut être mis en comparaison avec celui d'Egypte.

7 La Tubéreuse nous vient des Provinces Méridionales de la France, où elle fleurit sans peine & en pleine terre.

* J'ai oublié de parler des Giroflées. Il y en a de trois sortes;

On revoit depuis peu Diane [1], & ses Compagnes,
A travers les guérêts, les bois & les Montagnes,
Poursuivre un sanglier succombant sous les traits,
Réduit, ensanglanté, jusques dans les filets.
On les revoit déja, sans bruit & sans murmure,
Se baigner le matin dans une eau vive & pure;
On les revoit plonger, retirer, replonger
Leur visage serein qu'Amour vient agiter.
On voit leurs blonds cheveux, qu'un volage Zéphyre
Fait flotter à son gré vers le céleste empire.

Le Duc & le Marquis, le Comte & l'Ecuyer,
Le Baron, le Robin, le galant Financier,
Promenent sur le Cours l'Infante de coulisse,
Ou, pour mieux m'expliquer, la séduisante Actrice
Le Prélat courtisan, bouffi du saint honneur,
Auprès de Trianon repose sa grandeur.

Le jeune Abbé Poupin, dans un leste équipage,
Vient dîner à Paris, va souper au Village.

L'élégant Petit-Maître, au minois fignolet,
Fait rouler vers Saint Cloud son beau cabriolet.

L'inhumain glorieux, sur sa riche litiere,
Fait à ses six coursiers redresser la criniere,

---

la blanche, la rouge & la jaune. Nous avons plusieurs especes de
Giroflées jaunes doubles. La plus belle est celle qu'on nomme ordinairement *le Rameau d'or*. La giroflée blanche est plus délicate que
la rouge.

N. B. Il y a tant d'especes d'œillets, que je n'en fais aucune men-
tion. La diversité des couleurs que l'œillet en général étale à nos
yeux, nous récompense généreusement des peines que nous nous don-
nons pour le cultiver.

[1] Tout le monde sait l'Histoire de Diane & de ses Compagnes.

LE PRINTEMS.

Et de Paris trompé dédaignant le séjour,
Conduit son faux brillant, son erreur à la Cour.
Le sage Libertin, la Coquette fixée,
Dans leur maison des champs vont passer la journée.

Le Bourgeois Philosophe, avide du repos,
Abandonne Paris, & finit ses travaux.

Le Poëte indigent, pour mieux chanter sa peine,
Préfere au Cabinet les rives de la Seine.

Le volage Ecolier, sorti de sa prison,
Va dans le Luxembourg étudier sa leçon.

Déja l'Oisiveté, le Mensonge & l'Envie
Sont venus visiter l'Arbre de Cracovie [1].
La séance est ouverte, on y rend des décrets,
On revele tout bas les publiques secrets.
Le sot court écouter ces Conteurs de sornettes,
Fertiles inventeurs de nouvelles gasettes.

Le Riche malheureux ferme ses coffres forts,
Pour aller du Printems admirer les trésors.

On entend dans Paris l'aimable Bouquetiere
Annoncer ses bouquets au jeune Mousquetaire.

La charmante Marmotte a de nouveaux appas,
Les graces & les ris accompagnent ses pas.
On la trouve par-tout jouant des sérénades,
Tantôt dans les Cafés, ou dans les promenades,
Tantôt à la Courtille, ou bien aux Porcherons,
Tantôt aux Boulevards, ou dans les environs,
Toujours inattendue & toujours désirée.

On voit recommencer la brillante soirée,

---

1 Arbre du Palais Royal, sous lequel s'assemblent des brigades
de fainéans, pour y débiter des mensonges.

Rendez-vous triomphant des amoureux defirs,
Ordinaire féjour des jeux & des plaifirs.

  A P R È S fouper on va dans le Bois de Boulogne,
Siffler le blanc Champagne & le rouge Bourgogne;
On y chante, on y danfe, on y paffe la nuit,
On bannit les chagrins, on diffipe l'ennui.
C'eft dans ce verd Palais, où la fauffe Comteffe
Donne un nouvel éclat à fa feinte Nobleffe :
Sous l'habit de Marquis, le Clerc de Procureur,
Affis à fes côtés, tranche du Grand Seigneur.

Comme on s'y connoît mal, on craint peu les alarmes,
Dans la confufion ce qui plaît a des charmes :
On voit briller de loin l'or & les diamans
Arrangés avec art fur deux globes naiffans,
Enivrés de parfums, d'effence & d'ambrofie.

La Préfidente arrive en robe cramoifie.

La Nymphe d'Opera, d'un tranfport fans égal ;
Vient dans le phaëton du Fermier Général.

Avec un Officier paroît la Financiere,
Sans perles, fans rubis, déguifée en Bergere.

L'illumination, le fon des inftrumens,
Annonce aux Parifiens le retour du Printems.

Le Chanoine, coquet jufque dans fa vieilleffe,
Mene à Mefnil-Montant fa Servante-Maîtreffe :
Chacun porte fon bien au nouveau Célibat,
Zerbine, le Bréviaire, & Pandolphe, le Chat.

Le Docteur Sangrado d'Urgande & Mélufine
Va d'un pas grave & lent vifiter la cuifine.

Le Libertin vieilli, perdu dans les amours,
Paffant fur un grabat des inutiles jours,

Au feul nom de Printems, furmonte l'impuiſſance;
Sort, & préſente au jour ſa finiſtre préſence.

Le Riche parvenu, l'ingrat préſomptueux
Préſentent vers Madrid un viſage orgueilleux.

Paris devient déſert : la vile populace,
A l'exemple des Grands, promene ſon audacé.

Le Pariſien renaît dans des jours ſi ſereins,
Il fait un nouveau plan de fêtes, de feſtins :
Il paroît à Chaillot, on le trouve à Surenne
Il transfere à Paſſi le grand Bal de Vincenne.
Le Projet eſt fini : bientôt il y joindra
L'Orcheſtre réformé du Comique Opéra [1].

  POUR un plaiſir bruyant, volage, imaginaire,
Quels apprêts ſuperflus ! & quel préliminaire !
Lubin plus fortuné, ſur le ſimple gazon,
De ſa tendre Muſette accordant le doux ſon,
Tous les ſoirs, ſans témoins, fait danſer ſon Annette,
Auprès de ſon troupeau, ſon chien & ſa houlette.
Sous le toit ombrageux d'un verdoyant ormeau,
Titire le matin enfle ſon chalumeau
Avec plus d'harmonie & de délicateſſe,
Et chante avec plus d'art la ruſtique tendreſſe :
Tandis que Damintas, Tyrſis & Coridon
Font danſer Galathée, Agathe & Marion.

----

[1] Quand le Roi a réuni l'Opéra Comique à la Comédie Italienne,
en 1762, il a plu à Sa Majeſté de ne ſe réſerver que cinq des meil-
leurs ſujets. MM. de la Ruette, Odinot, Clerval, & MMlles Deſ-
champs & Necelle. Cette derniere eſt morte la même année : elle
avoit alors quitté le Théatre Italien, pour s'engager au ſervice de
Monſeigneur le Prince de Conty, ainſi que le ſieur Odinot.

POEME.

Paris, qui ne connoît le bonheur qu'en peinture,
Ignore des Bergers l'amitié toujours pure;
Paris, des faux Amans ordinaire séjour,
Croit que l'amour champêtre est un sauvage amour.
Paris des embarras le grand dépositaire,
Ignorant la douceur du séjour solitaire,
Plongé dans les chagrins, usé par les travaux,
S'imagine jouïr du plus profond repos.
Il cherche en vain le calme au milieu de l'orage,
Il cherche en vain la paix, si ce n'est au village.
La paix qu'il croit connoître, & qu'il ne connoît pas,
Déteste, abhorre, fuit le bruit & le fracas.
Elle ne vit jamais la superbe structure
Des Palais éclatans du Roi qui la procure:
Elle évite l'aspect des doubles Courtisans,
Et le poison flatteur de leur prodigue encens.

Sur le bord fortuné d'un paisible rivage,
Tapissé de lauriers & couvert d'un feuillage,
Paroît un ancien Temple, ou plutôt un Château,
Du Donjon de Cythere à-peu-près le tableau,
Bâti sur le coulant des ondes de la Seine,
[Cependant éloigné de la Samaritaine.]
C'est-là des sept Soleils le Soleil le plus beau,
C'est-là de l'Univers le plus ardent flambeau.
L'Astre brillant du jour, du haut de l'Empirée,
Illumine en tout tems sa façade dorée:
Son dôme est couronné de pampre & de festons,
Qu'un rameau d'olivier attache aux écussons.
De fleurs de la saison les fenêtres garnies,
Dérobent au coup d'œil leurs riches jalousies.
Les degrés du Péron, les portes sont d'aimant,
Les verroux de rubis, les gonds de diamant.

C'eſt dans ce beau réduit, dans ce paiſible aſile,
Dans ce ſéjour heureux, dans ce Palais tranquille,
Où prodigue la Paix ſes bienfaits ſolemnels,
Lorſque le Berger vient encenſer ſes autels

FIN DU PRINTEMS.

LES
QUATRE SAISONS,
POËME.

L'ÉTÉ.

PUISSANT Dieu du sommeil, ton agréable songe
N'amuse plus mon cœur enivré d'un mensonge :
Je me flattois en vain de mon prochain bonheur,
Je sens évanouïr ta séduisante erreur.

AVANT que les oiseaux commencent leur ramage,
Et qu'ils fassent jaser l'écho du voisinage,
Lorsque Phébus encore annonce son déclin,
Et qu'à peine le Ciel promet un jour serein,
Un Insecte divin, dont le noble courage
Causoit l'étonnement du Berger le plus sage [1],
La diligente Abeille, au bruit de ses travaux,
Vient éveiller ma Muse & troubler mon repos.
Je l'entends bourdonner : son ardeur magnanime
Me provoque au travail, m'encourage, m'anime.

---

1 Il n'est presque personne qui n'ait lu le quatrieme Livre des
Géorgiques de Virgile sur les Abeilles. C'est sans contredit un chef-
d'œuvre inimitable dans son genre.

Je la vois se charger des nouveaux dons du Ciel,
Et picorer les fleurs, & ramasser son miel,
Tandis que des Frélons la phalange corsaire
Repose dans un trou sa fureur mercenaire :
Je la vois succomber sous son premier fardeau,
Et poser dans le Lys la moitié du gâteau,
Afin de transporter avec bien plus d'aisance,
Avec moins d'embarras & plus de diligence,
L'autre part de sa charge au sentinel voisin,
Qui la remet à l'autre, & l'autre au magasin.
Je vois de ses détours la prudence infinie,
Qui toujours entretient les loix de l'harmonie.
Je contemple en secret son désordre ingénu,
Et devine à demi son langage inconnu.

PARMI toutes les fleurs nouvellement écloses,
Elle apperçoit l'Aurore avec ses doigts de roses,
Ouvrir un bel œillet, d'où sort un miel flatteur,
Blanchi dans la rosée, & purgé dans son cœur.
Un spectacle si beau ravit sa petite ame,
Le trouble la transporte, & le desir l'enflamme :
Elle voudroit baiser ce présent glorieux ;
Mais Progné ¹ qu'elle entend gazouiller vers ces lieux,

---

1 Progné étoit fille de Pandion, Roi d'Athene, & fut donnée
en mariage à Tereüs, Roi de Thrace, d'où naquit un Prince nommé
Itys. Un jour que Tereüs son mari, voulut aller à Athene, elle le
pria instamment d'amener Philomele, sa sœur. Tereüs obtint aisément cette permission de Pandion le Pere. Mais il en usa mal en chemin, en lui ôtant son honneur ; & pour l'empêcher de découvrir
une action si infame, il lui coupa la langue, & la tint cachée dans
une prison, faisant courir le bruit qu'elle étoit morte par un acci-
dent qu'il supposoit. Néanmoins cette pauvre Philomele, ennuyée
de sa prison, trouva moyen d'informer sa sœur de tout ce qui se
passoit : elle lui fit tenir une lettre qu'elle avoit écrite avec une

Progné de tous les tems fa cruelle ennemie ;
Retient fa vive ardeur, retarde fon envie.
Je la vois voltiger de la Rofe au Muguet,
Du Muguet au Jafmin, du Jafmin à l'Œillet,
Qui flatte fon efpoir, captive fa tendreffe :
Elle en tire le fuc avec délicateffe,
Enleve le parfum, fans corrompre l'odeur,
Sans ternir la beauté ni l'éclat de la fleur.
Je conçois maintenant, malheureux Ariftée [1] ,
Je conçois les regrets de votre ame attriftée.
Vous vous vantez en vain de defcendre des Dieux ;
On n'entend point au Ciel vos inutiles vœux.
Allez chez l'Océan ; la Nymphe, votre Mere,
Du Deftin irrité calmera la colere :
Vantez-lui les attraits d'un bonheur qui n'eft plus ;
Modérez les tranfports de vos fens éperdus,

----

aiguille, fur un linge, de fon propre fang. Progné en conçut une douleur incroyable ; & pour s'en venger avec plus d'affurance, elle attendit le jour qu'on célébroit la Fête de Bacchus, nommée *Orgia*, & fe mit au nombre des Bacchantes, qui avoient droit d'exercer toutes fortes de violences ce jour-là. Elle va en cet état délivrer fa fœur de la prifon, où elle étoit retenue, & toutes deux vont fe jetter fur le petit Itys, fils unique de Tereüs, qu'elles mettent en pieces, puis l'apprêtent en forme d'autres viandes, pour le fervir à dîner à fon pere. Mais Tereüs s'étant apperçu de cet horrible complot, voyant la tête de fon enfant, qu'on lui préfenta au dernier plat du feftin, & voulant s'en venger, là Fable dit que les Dieux métamorphoferent Progné en hirondelle, & Philomele en roffignol, comme le petit Itys en faifan, & Tereüs en une huppe, qui eft toujours comme à la recherche de fon fils, demandant par-tout où il eft, par ces petits cris de poupou. Georgias dans le *troifieme Livre de la Rhétorique d'Ariftote*, eft d'une opinion particuliere fur ce fujet, difant que Progné fut changée en roffignol, & Philomele en hirondelle

1 Ariftée, felon Virgile, auroit mieux aimé perdre fes biens & fes troupeaux, que fes Abeilles.

Pour mieux lui raconter les douleurs sans pareilles,
Que cause à votre cœur la mort de vos Abeilles.
Elle vous enverra chez un Monstre marin,
De Neptune offensé le célebre Devin,
Que vous obligerez, par un sûr artifice,
A dire son secret, à vous être propice.

L'É T É n'offre à mes yeux que triomphes d'amour:
Le Rossignol vient faire à l'Aurore sa cour.
De ses douces chansons la joyeuse harmonie
Annonce l'heureux jour de la cérémonie
D'un Hymen contracté, couronnant ses bienfaits
Par la nativité de six Rossignolets.
Il chante à tout moment, & répete sans cesse
Pour sa chere moitié l'excès de sa tendresse :
De son charmant gosier les sons mélodieux
Font redire aux échos ses transports amoureux.

Le Moineau ¹ courtisan va parler d'amourette,
Dans un buisson secret à la jeune Fauvette.

. L E tendre Tourtereau, par ses lugubres cris,
Dans un hêtre touffu regrette ses petits,
Qu'un barbare Milan, pour servir de pâture,
A l'espoir dangereux de sa race future,
Est venu dévorer.... Le timide Faisan
Promene ses poulets sur le bord verdoyant

---

1 Il y en a qui prétendent que le Moineau, vulgairement appellé Pierrot, fait quelquefois son nid avec la Fauvette. La chose paroît assez probable, parceque nous connoissons dans les Provinces deux sortes de Fauvettes : la Fauvette ordinaire, & la Fauvette à tête noire. Cette derniere, suivant les apparences, peut provenir de cette alliance illégitime. Je connois un Vieillard curieux, qui dit en avoir fait l'expérience dans le Bois de Moreuil, en Picardie, ma Patrie.

D'une

D'une sombre forêt couverte d'un feuillage ,
Qui les met à l'abri du vent & de l'orage.

L'ambulante Perdrix conduit dans le sain-foin
Ses tremblottans perdreaux, qui la suivent de loin.
A l'heure du Berger, sortis de leur taniere ,
Tous les jeunes Lapreaux, sur la verte fougere ,
Viennent sauter, trotter, faire cent petit tours ,
(Comme font à Paphos les folâtres Amours),
Parmi le serpolet , le thym & la rosée.

A l'ombre d'un ormeau , la Bergere rusée
Amuse son Berger couché nonchalamment
Sur un lit de gason , dont le simple ornement
Doit son superbe éclat à la tendre verdure ,
Qui sort à chaque instant du sein de la nature.
Elle embrasse à loisir son visage vermeil,
Aussi vif & brillant que l'éclat du soleil :
Elle ouvre d'un baiser sa bouche demi-close ,
Qui respire un air frais , un odorat de rose :
Elle entoure ses bras de festons guillochés ,
Et couronne son front de lis entrelassés.

Le Berger, ignorant l'amoureux stratagême ,
Sent glisser dans son cœur le charme du problême ;
Et par reconnoissance, accorde un doux baiser ,
Souvent réitéré , sans prévoir le danger
Qu'encourent ses moutons & ceux de sa Bergere ,
Poursuivis par un Loup de fureur meurtriere.

    Le Proverbe est bien vrai ! les jeux & les plaisirs
Sont toujours escortés de pleurs & de soupirs.
Le Serpent sous la fleur , sous la rose l'épine
Dérobent à nos yeux leur piquûre assassine.
Un subtile poison est toujours doucereux ,
Et plus il est flatteur , plus il est dangereux.

B

Sous un soleil brûlant, quand l'Amour fait ravage,
Le Loup sorti du bois, exerce aussi sa rage,
Et, pressé par la faim, dans les tristes troupeaux,
Etrangle, sans compter, brebis, moutons, agneaux.

ON entend le Dieu Mars redoubler ses alarmes :
L'horreur le suit par-tout. Le brillant de ses armes
Est terni par le sang du soldat terrassé :
Le boulet meurtrier de son fer émoussé
Annonce les transports de sa noble furie :
Son coursier belliqueux, oubliant la prairie,
Dans le fort du combat, saisi d'étonnement,
De cent bouches d'airain bondit au ronflement,
Chacun court à la mort, chacun vole à la gloire ;
Un Hérault partisan annonce la victoire.
Le vainqueur est vaincu, le vaincu triomphant,
Sans savoir ni par où, ni par qui, ni comment.

Mars suspend son courroux, fait battre la retraite,
Rassemble ses soldats au bruit de la trompette.
La Discorde descend du sommet des drapeaux,
Et va forger en paix ses horribles complots.

Jupiter à l'instant fait gronder son tonnerre ;
Les malades blessés, expirans sur la terre,
En voyant s'obscurcir l'astre brillant du jour,
Portent des yeux mourans vers l'éternel séjour.

LE tems devient serein. Paroît la Renommée,
Sur un char lumineux, au milieu de l'armée :
» Rassurez-vous, dit-elle, aux timides Guerriers :
» Le sang des ennemis arrose vos lauriers.
» Trahison contre vous n'aura plus d'artifice :
» Fortune en tous lieux va vous être propice.
» J'ai vanté vos exploits à cent Peuples divers :
» Vos travaux sont connus presque à tout l'Univers.

» Allez fous les drapeaux de Mars & de Bellonne ,
» Volez vaincre ou mourir . . . la gloire vous l'ordonne: »
Elle dit, difparoît , & va de l'ennemi
Flatter ainfi le cœur à fes ordres foumi.

La Difcorde auffitôt de tous les cœurs s'empare,
On entend murmurer le lugubre fanfare ,
On fait tous les apprêts d'un combat folemnel ,
Et déja la victime eft conduite à l'Autel ,
Parmi le bruit confus des tambours & des armes.

Dans de vaftes guérêts , à l'abri des alarmes ,
Les Payfans , parmi l'abondance & la paix ,
De la riche Cérès moiffonnent les bienfaits.
Malgré l'efprit brûlant d'une fueur écumante ,
Le courage conduit leur main obéiffante ;
Et leur corps oubliant les douceurs du repos ,
D'un paifible fommeil ne fent plus les pavots.

Quand l'aurore du jour vient ouvrir la barriere ,
Ils ont de leurs travaux commencé la carriere :
Lorfque , dans les horreurs d'une profonde nuit ,
A la faveur d'un feu qui renaît & qui fuit,
Oubliant les travaux d'une rude journée ,
Ils accourent revoir les fruits de l'Hyménée ;
Le bonheur les conduit dans leur fombre féjour ,
Habité par la paix , quelquefois par l'Amour.
Les uns, chemin faifant , chantent la chanfonnette :
Les autres plus fringans , careffent la brunette.
Ils vivent fans foucis , fans foins , fans embarras.
Le Frere de Colette a Suzon dans les bras ;
Le frere de Suzon , prend la main de Colette ,
Pour caufer à loifir , & parler d'amourette.
On chante à haute voix , que la belle Suzon
Tous les jours en fecret élargit fon jupon....

B ij

Lubin d'un ton plaisant en demande la cause ;
On feint de l'ignorer, en disant autre chose.
Chacun retourne en joie au paternel logis,
Soupe & va se coucher sur de nouveaux épis.

QUAND le sommeil à peine a fermé leur paupiere,
Et qu'il répand l'attrait de sa faveur premiere,
Un valet importun va sonner le tocsin,
Vient heurter à leur porte & les remettre en train.
Le Fermier vigilant, monté sur Rossinante,
Les mene dans le champ qui flatte son attente ;
Il leur trace le plan, & selon leur pouvoir,
Les excite au travail, sans borner leur devoir.

AUSSITÔT que Phébus se dérobe à leur vue,
Que la bruyante foudre éclate dans la nue,
Et que le jour brillant n'est plus un jour serein,
On les voit s'empresser à ramasser le grain,
L'arranger, le lier, & faire des javelles,
Qu'ils transportent bien loin dans des granges nouvelles,
Qu'un diligent secours fait bientôt préparer,
Pour servir de rempart aux efforts du danger.

Quelquefois à midi, quand la chaleur trop vive,
Rend leurs bras engourdis, & leur bouche plaintive,
Les uns vont se coucher & respirer le frais,
sur le bord blondissant des plus prochains bosquets :
Les autres vont plonger, sans bruit & sans murmure,
Leurs membres fatigués dans une eau douce & pure,
Qui sort à gros bouillons d'un immense rocher,
Pour couler vers la Seine, & s'y précipiter.

LORSQUE le Créateur mit l'homme sur la terre,
Il borna son bonheur, il fixa sa misere.
» Tu gémiras six jours, & tu travailleras ;
» Mais le septieme enfin tu te reposeras. »

L ɛ s Moissonneurs, soumis à ce divin précepte,
Tous les jours de Dimanche & tous les jours de fête,
Sans un besoin pressant, se reposent en paix,
Et goutent du sommeil les avares bienfaits.

PARMI toutes les fleurs que l'Été fait éclorre,
On voit fleurir par-tout, dans le jardin de Flore,
Le Rézeda [1], l'Iris [2] & le Leo Nurus [3],
La Reine Marguerite & le Cannacorus [4];
Le Saffran, le Genêt [5] & l'Œillet de la Chine [6],
L'Œillet d'Inde, la Rose, avec la Balsamine.
L'Astere différente [1] & la Belle de nuit,
L'Amarantolides [2] & la Barba-Jovi.

----

1 Le Rézeda est une plante qui provient d'Espagne. Sa fleur répand une odeur douce & agréable.

2 Il y a plusieurs especes d'Iris, & chaque espece a ses variétes. Les unes sont des racines, les autres sont des oignons. On compte parmi celles qui forment des racines, l'Iris de Florence, l'Iris de Suze, l'Iris tigre, ou Ixia, la petite Iris, ou l'Iris de la Chine. Parmi les Iris bulbeuses ou à oignons, il faut distinguer l'Iris de Perse, l'Iris d'Angleterre & l'Iris d'Espagne.

3 Le Leo-Nurus, ou la queue de Lion, est une plante tris-annuelle, c'est-à-dire, qui vit trois ans. C'est un bouquet composé de plusieurs fleurs de couleur aurore foncée, qui, en s'épanuissant, forment à-peu-près la houppe qui est à la queue d'un Lion, & c'est ce qui a fait donner ce nom à la Plante.

4 Le Cannacorus est un roseau étranger, qui fait plaisir à voir, par la largeur & la beauté de sa feuille cannelée & bordée d'un petit filet blanc. Elle est de couleur de feu pâle, & il n'est pas facile d'en faire la description.

5 Le Genêt d'Espagne est le plus beau de tous ceux de son espece. Il se multiplie de graine : sa fleur est jaune & légumineuse.

6 L'Œillet de la Chine ou de la Régence, est extrêmement joli, & offre bien des variétés.

N. B. Il ne faut pas s'étonner si j'ai parlé de plusieurs Fleurs dans une autre saison où elles fleurissent ; j'ai cru que cette transposition étoit permise aux Poëtes.

ON respire partout une essence de fraises,
Qui joint son odorat au parfum de framboises.
Phébus a fait mûrir groseilles, abricots,
Cérises & Guindons, Griottes, Bigarreaux.

LE Philosophe, au frais, le long des Tuileries,
Voit blondir de Chaillot les voisines prairies :
A l'abri du soleil, il fait dire à l'écho,
Avec docilité des *atqui*, des *ergo*.

ON court, on vole au bain préparé sur la Seine,
Entre l'Hôtel Royal & la Samaritaine.
Le Rivage mugit sous mille Vis-à-vis,
Qui mirent dans les eaux leurs superbes vernis.
C'est-là le plus beau bain & le plus à la mode,
C'est-là de tous les bains, le bain le plus commode.
On voit le pavillon du sexe masculin,
Séparé du donjon du sexe féminin.

Le Prince, tous les soirs, y conduit sa Princesse,
Le Duc, pendant la nuit, y mene sa Duchesse,
Le Fermier Général, sourd au qu'en dira-t-on,
Y loue un cabinet pour la Belle Caton,
Qu'un galant Officier, sous l'habit de Toinette,
Accompagne souvent le matin en cachette.

---

1 Les Asters se nomment ainsi, parcequ'elles sont toutes en petits soleils ou astres. Elles sont bleues ou violettes, ou gris de lin ; il y a même une espece double, qu'on appelle le grand *Oculus Christi*. On ne trouve toutes ces Plantes que dans les Jardins de Botanique. Je ne parle ici que de celles qui ne fleurissent qu'à la fin de l'Été. La Verveine du Canada paroît être mise au rang des Asters ; car elle est aussi en rayon. Sa fleur est plus petite, & panachée de violet, pâle & blanc, à fond j'aune.

2 L'Amarantolides est une Immortelle violette.

FIN DE L'ÉTÉ.

LES
QUATRE SAISONS,
POËME.

L'AUTOMNE.

L'AURORE eſt ſans roſée , & Zéphyr ſans haleine :
Le trop brûlant Phébus a tari nos fontaines.
Septembre eſt arrivé. Les deſirs ſatisfaits ,
Des généreux plaiſirs ſavourent les attraits.
Sous un riant berceau la charmante Pomone
De pampre & de feſtons ſeulette ſe couronne.
Septembre eſt arrivé. Le bon Pere Bacchus
Dans nos coupes d'argent répand ſon divin jus.
Septembre eſt arrivé. La prodigue nature
De ſes dons précieux a comblé la meſure.
Septembre eſt arrivé. Les enfans d'Apollon
Ont laiſſé les neuf Sœurs dans le ſacré Vallon.
Eſclaves délivrés de la priſon du Pinde,
Ils ſuivent les drapeaux du Dieu vainqueur de l'Inde [1].

1. Bacchus voyagea preſque par-tout le monde. Il eut guerre avec
les Indiens, il les vainquit, & fit bâtir dans le pays la ville de Niſa.
Il a été le premier qui a mis les triomphes en uſage, & qui a le

Les joyeux partisans de la particule *on*,
Sont venus visiter les fruits de la saison.
Leur bonheur est complet, leur joie est sans pareille;
La Vacance a changé porte-feuille en corbeille.

Septembre est arrivé. Le célebre Robin
Plaide sur un tonneau, la bouteille à la main,
Tandis qu'un Maître-Clerc, de figure amoureuse,
Epluche le muscat avec la Procureuse.

Roidi dans les travaux, bruni dans la moisson,
La hôte sur le dos, le vieillard-vigneron,
Oubliant aisément le sentier de la grange,
Porte dans son cellier les fruits de la vendange,
Pendant que son épouse, avec tous ses enfans,
Pour un autre fardeau dépouille les sarmens.

Le Disciple zélé de l'ami d'Epicure
Nage dans l'océan de la Dame Nature.
Du charme des pavots s'il cede au tendre effort,
L'Amour vient l'éveiller, lorsque Bacchus l'endort.
Il chasse les soucis, il abhorre les craintes;
Il fuit les embarras, les soins & les contraintes;
Il bannit de son cœur les superbes desirs,
Trop barbares tyrans des innocens plaisirs.
La jeune Volupté paroît sur son visage:
Un œil vif & piquant en embellit l'image;
& le rouge brillant de ses vives couleurs
Annonce le séjour des solides ardeurs.

---

premier triomphé, portant le diadême royal. Son charrioz étoit at-
telé de tigres, & il alloit couvert d'une peau de cerf. Son sceptre
étoit un thyrse, c'est-à-dire, une petite lance couverte de lierre &
de pampre. Après avoir inventé l'usage du vin, il en fit boire aux
Indiens, qui crurent, au commencement, que c'étoit du poison,
parcequ'il les avoit enivrés & mis en furie.

Il aime, il eſt aimé, ſans feinte & ſans myſtere;
Toujouſ il eſt heureux à la Cour de Cythere :
Cupidon le protege ; & Vénus de ſes dons
Le comble chaque jour, lui dicte ſes leçons.
Des Nymphes du bon ton il connoît l'artifice,
Les ſentimens trompeurs & le cœur trop propice.
Il ſait placer ſon cœur, il ſait fixer ſon choix,
Et ſubir les rigueurs d'une agréable loix.
Il eſcorte par-tout les joyeuſes Ménades [1],
Dans leur bois ſolitaire, ou dans leurs promenades.
Quand il veut converſer avec un Apollon,
Il évite Phébus, & ſuit Anacréon,
Qui lui fait répéter, ſur ſa galante lyre,
Le ſerment ſolemnel qu'il fit à ſa Thémire.
Il eſt toujours flottant au milieu du plaiſir,
Trois plaiſirs à la fois partagent ſon loiſir.
Quand Bacchus & l'Amour couronnent ſa tendreſſe,
Diane, au ſon du cor, vient finir ſon ivreſſe.

» Qu'entends-je, ſe dit-il, qu'entends-je dans les bois?
» Le bonheur nous appelle, amis, j'entends ſa voix. »
Il conſpire auſſitôt, il déclare la guerre
Aux Rois, aux Citoyens, qui courent ſur la terre :
On entend redoubler les plaintes des levraux,
Et les triſtes accens des timides perdraux.

PASSER ainſi ſon tems, ſans mordre au patrimoine,
Epicure [2], entre nous, il faut être Chanoine.

---

1. Outre les Satyres, Bacchus avoit pour Prêtres & Sacrificateurs, des Femmes, qui s'appelloient Bacchantes, Baſſarides, Thiades & Ménades.

2. Epicure eſt de tous les Philoſophes le plus relâché.

Sur le tendre gafon d'un paifible verger,
Sous les riches rameaux d'un dévot amandier,
Le blanc mouchoir en main, l'Abbé Commendataire
Explique les Canons à Laure folitaire.
Il prêche, gefticule, explique les décrets
Si fouvent foudroyés dans les joyeux fecrets...
(Je crois, fans pénétrer plus avant le myftere,
Que fon Texte eft tiré du Livre de Cythere.)
Bref, après le difcours, il appelle Frontin
Exilé, pour raifon, dans le bofquet voifin....
Le cuftode larron du Champagne & Bourgogne,
L'heureux Frontin paroît avec fa rouge trogne.

L'ordre eft qu'il faut fervir un fplendide repas,
Orner & préparer les nouveaux célibats.

Frontin va vifiter la célebre cuifine,
Les magafins fucrés d'Urgande & Mélufine :
Il paffe, en revenant, chez le Limonadier,
Chez le Diftillateur & chez le Cafetier.
L'autre part du défert, il prépare lui-même,
Et felon fon caprice, & felon fon fyftême :
Avec économie, il prodigue à foifon,
Sur des plats porcelains, les fruits de la faifon
Il arrange avec art la pêche violette,
La prune de Damas, la pomme de rainette,
La poire de beurré, le raifin chaffelat,
Le raifin de Corinthe & le raifin mufcat ;
Comme des volontés le grand dépofitaire,
Il a foin d'ajoûter le double néceffaire.

Tandis que, fans fecours, le diligent Frontin
S'épuife à travailler aux apprêts du feftin,
Mon Abbé fignolet, auprès de fa Brunette,
Débite, en foupirant, fon ardeur indifcrette,

Et promet à l'Amour de garder le secret,
Ce secret si vanté chez le Petit Collet.

» Votre discrétion, votre flamme importune,
» Vous rendoient, dit l'Amour, gens à bonne fortune,
» Jadis :... mais aujourd'hui ce secret si vanté,
» N'est qu'indiscrétion & qu'infidélité. »

LE Poupin, à ces mots perdant toute espérance,
Change ses beaux discours en termes de finance.
Rien de plus éloquent que le son d'un écu :
Rhétorique en Amour est talent superflu.
En vain vous débitez & contez vos fleurettes,
Si vous ne financez chez nos jeunes Coquettes.
Un dehors de vertus, un reste de pudeur,
Dira qu'avec louis on est toujours vainqueur.

A l'âge de quinze ans, étant Abbé novice,
Je connus un Abbé muni d'un Bénéfice,
Devant tous ses Régens hypocrite dévot,
Avec sa Blanchisseuse amusant damoiseau,
Usant adroitement de la tartuferie,
Avec frais & dépens de la galanterie.

Pendant six mois & plus, il aima tendrement
La perfide Cloris, dont l'air intéressant,
Le coup d'œil amoureux, le foudroyant visage,
Inspire tant d'ardeur, & fait tant de ravage.
Il croyoit être aimé. Mercure, chaque jour,
Brodoit le vermillon des roses de l'Amour.
L'enchanteur entretien d'une feinte discrete
Augmentoit les transports de sa douleur secrete.
Argent, montre & bijoux, par la Belle acceptés,
Présentoient au plaisir des triomphes aisés.

L'Abbé s'entretenoit de sa prochaine gloire:
Mais Cloris amusoit l'instant de la victoire ;
Et son cœur généreux déféroit au plumet
Tous les présens sacrés du crédule Collet.

MOINS dupé que l'Abbé , le galant Militaire ;
Sans montre & sans bijoux possede l'art de plaire.
Pour triompher d'Amour , une noble fierté
Est d'un secours plus grand que la timidité.

HÉLAS ! qu'est devenu le doux regne d'Astrée ;
Et les siécles heureux de Saturne & de Rhée ,
Et le jardin secret de nos premiers parens !
L'Amour avoit alors de nobles sentimens.
Les trésors de la terre , & les perles de l'onde ;
Et le faste des Grands , & le luxe du monde ,
Rien ne troubloit le feu de ses charmes flatteurs ;
Nature l'enflammoit de solides ardeurs.

D'un vin frais & nouveau l'écume pétillante
De l'Amour d'apréfent est l'image brillante.
L'un change les repas & les nouveaux plaisirs,
Et l'autre , à chaque instant , forme d'autres desirs.

Quand Damon , soupirant auprès de Célimene ,
Avec empressement lui découvre sa peine ,
Il fait un tendre aveu, trop souvent indiscret ,
Et de tout son amour , & de tout son secret :
Bientôt après son cœur pour une autre soupire ,
Et déclare à Doris son amoureux martyre.

LAISSEZ, Amans, laissez gémir le traître Amour ;
Chaque chose a son tems , chaque chose a son tour.
Venez , accourez tous visiter la vendange :
Bacchus vous offre à tous un plaisir sans mélange.

Quittez, quittez d'Amour les trop féveres Loix,
C'eft un Dieu dangereux. Faites un nouveau choix.
A l'ingrate Doris préférez la bouteille ;
Le fuprême bonheur vous attend fous la treille.
Arrachez le bandeau qui couvre votre front,
Foulez aux pieds les fleurs qui forment fon feston.
Jupin vous donne un fceptre, & la riche Pomone
D'un lierre divin vous fait une couronne.
Triomphez aujourd'hui de vos longues douleurs ;
Les Graces vous rendront vos premieres couleurs :
Maîtrifez votre aveugle & fatale foibleffe,
Sur un rouge mufcat entez votre tendreffe :
Profitez du préfent, ce tems fi précieux :
L'automne eft un bienfait durable & glorieux.

La Difcorde a troublé les fêtes de Vincene,
Et des Jeux & des Ris la fcêne eft à Surene :

La Mufique a pofé fon fpectacle nouveau
Dans le fond du jardin de Dame Thomaffeau.
On voit, fous les berceaux, Marquifes, Financieres,
Et dans les cabinets, Nymphes & doüairieres.
On entend fredonner par tous les inftrumens,
La Romance de Life & les Chanfons du tems.

De jeûnes Payfans, montés fur un théatre
Dreffé fur le gafon, décoré par le plâtre,
Entonnent en *chorus* les amours villageois,
Les amours des Bergers & les amours grivois.
De leurs joyeux concerts la ruftique harmonie
Mefure les accords du pipeau de Sylvie.
Bacchus répand aux uns fes préfens à fouhaits,
Et Pomone prodigue aux autres fes bienfaits.

QUAND le coq de Chaillot commence fon ramage,
Et qu'il fait gafouiller l'écho du voifinage,

Immédiatement une heure après minuit,
Les zélés protecteurs du grand Bal de Passi,
Malgré le voile épais d'un ténébreux nuage,
Descendent à Surêne, en brillant équipage.
Un courier diligent les précede à grand pas,
Et vole commander les apprêts du repas.

La Coquette conçoit les ardeurs les plus vives,
Apprenant le retour des nocturnes convives.
Mais quelle est son erreur! Avide du festin,
Chacun ressent pour elle un généreux dédain.
Où le vin fait la loi, sans cesse Amour soupire.
Esclave de Bacchus, il vit sous son empire :
Ce perfide tyran de tout le genre humain,
Porte sur son vainqueur une impuissante main.

L'ILLUSTRE Cordon-Bleu, dont la haute prudence
Rend encor glorieux le jour de sa naissance,
Va respirer le frais au Sallon des Guerriers,
Tapissé d'amaranthe & couvert de lauriers.

LE courtisan rusé, qu'une brigue importune
A rendu partisan de la bonne fortune,
Pour charmer les ennuis de ses rudes travaux,
Promene son éclat de berceaux en berceaux.
Délicieux séjour! aimable solitude!
Tu ne connus jamais la triste inquiétude!
Lorsque mon esprit cede au charme des pavots,
Je goûte dans ton sein le plus profond repos.

Gazouillez & chantez, habitans des bocages,
Redoublez, en concert vos innocens ramages;
Annoncez, publiez, & Bacchus, & ses loix,
Aux Princes Souverains, aux Bergers de nos bois;

Par vos empreſſemens exprimez ſa tendreſſe.
Echos, qui m'écoutez, qu'un même ſoin vous preſſe :
Imitez les oiſeaux ; & lorſque vous chantez,
Solemniſez toujours ſes ſuprêmes bontés.

P E N D A N T que les Zéphyrs, par leurs douces haleines,
Encore foiblement murmurent dans nos plaines,
Avant que le Borée & l'Aquilon jaloux,
Renferment les plaiſirs, rompent les rendez-vous,
Dans de vaſtes guérêts, les enfans du Parnaſſe,
Pour couronner leurs jeux s'exercent à la chaſſe.
J'entends le ſon du cor & le cri redoublé
Du triſte ſanglier par les traits accablé.
Je vois les crins mouvans de la tête ſuperbe
Des courſiers bondiſſans ſur la terre & ſur l'herbe.
Je vois le blond Phébus pétiller ſur l'acier
Qui maſque le tranchant de leur fer meurtrier.
La Fureur ſe promet un horrible carnage :
L'horreur & les tourmens ſont peints ſur ſon viſage :
Je prévois juſqu'au bout ſon projet orgueilleux,
Je l'ai vu dans ſon cœur, je l'ai lu dans ſes yeux.

C O U C H É nonchalamment ſur la rive fleurie
D'un ruiſſeau ſerpentant le long d'une prairie,
Le ſage Magiſtrat converſe avec Thémis,
Approfondit ſes loix, conſulte ſes avis.
Il attend le grand jour avec impatience ;
Il attend le moment où la Juriſprudence
Commence à fulminer ſon arrêt ſolemnel,
Qui venge l'innocent, & punit le rébel.
Conntraire à l'Ecolier ; les douceurs de l'Automne
Pour lui n'ont plus d'attraits : l'âge qui l'environne,
A fermé dans ſon cœur l'organe des deſirs,
Et bannit loin de lui les volages plaiſirs.

Accablé de travaux, rongé d'inquiétude,
Notre commun bonheur fait son unique étude :
Il blanchit le flambeau de nos jours les plus doux,
Sans connoître la paix qu'il nous procure à tous.

FIN DE L'AUTOMNE.

LES

LES QUATRE SAISONS,

POËME.

L'HYVER.

L'Aquilon furieux frappe & fend les montagnes,
Ravage les jardins, les bois & les campagnes ;
Il renverse & détruit l'image du bonheur,
Porte & répand par-tout l'épouvante & l'horreur ;
Donne la mort aux fleurs, fait languir la verdure,
Ornement précieux de la simple nature :
Il chasse les Bergers, renferme les troupeaux,
Jette, plonge, engloutit, dans l'abîme des flots,
Les vaisseaux échappés tant de fois au naufrage,
Précédé par le feu, préparé par l'orage.
Ses sifflemens affreux, ses horribles complots,
Réveillent dans nos cœurs l'origine des maux.

   La Vengeance aux yeux creux, sa Sœur, la Jalousie,
Forment des nouveaux nœuds avec la calomnie.
La triste Oisiveté, les mensonges divers,
Rangent sous leurs drapeaux presque tout l'Univers ;
Sous un paisible toit, à l'abri des alarmes,
Eloigné du tumulte & du fracas des armes,

C

Sans cesse au coin du feu, souvent entre deux draps,
Prennent Rome d'assaut, ordonnent les combats ;
Ils tracent sur la cendre un sentier vers la gloire,
Attaquent l'ennemi, remportent la victoire,
Et retournent au camp, sans péril, ni dangers,
Avec un front serein, couronné de lauriers.

Le Fermier Général quitte & fuit le Village,
Et revient à Paris, dans un sombre équipage.
Les Comtes étrangers, les Marquis d'alentour,
Viennent faire à Paris un trimestre séjour :
Paris les dédommage, & Paris les dédaisse
Des plaisirs de l'Automne & des courses de chasse.
Ils quittent pour Paris l'heureux séjour des bois ;
Paris leur offre à tous cent plaisirs à la fois.
Les Cercles du bon ton, les belles Compagnies,
Les Spectacles, les Jeux & les Académies,
Seront de leurs exploits les séduisans témoins,
Et les charmes flatteurs des soucis & des soins.

Chacun impatient, souhaite, attend, désire ;
Tout le monde en secret avec ardeur soupire
Après l'instant joyeux où brille avec éclat,
La troupe des Sujets du célèbre Opéra.
Les uns vont admirer, les autres vont entendre
Les accords enchanteurs de la voix douce & tendre
De la belle *Lémiere* & de la jeune *Arnoux*,
Qui change tous les cœurs & fait tant de jaloux.
(Quoique, dans le Palais de la belle éloquence,
Ma Muse, ne dis mot, & passe sous silence
Le reste des Acteurs & Danseurs d'Operas :
Tu n'en saurois parler, ne les connoissant pas.
A quoi bon l'hyperbole ? à quoi sert l'antithese ?
Ma Muse, ne dis mot, ferme la parenthese.)

Du Génie & du Goût marchons vers le Palais ;
Allons, plutôt volons aux Comédiens François.
Du solide brillant cherchons les belles traces,
Et que chacun nous suive au paradis des Graces.
Dans le camp des Romains, l'aigle va foudroyer,
Le tourtereau gémir, la colombe pleurer ?
Quels Héros différens à nos yeux vont renaître !
Le célebre *Le Kain* [1] au grand jour fait paroître
De ses jours triomphans le glorieux flambeau,
CORNEILLE enseveli dans la nuit du tombeau.
De la tombe des Rois il ouvre la barriere,
Ranime de leurs cœurs l'orgueilleuse poussiere,
Souffle par-tout l'esprit de la rébellion,
Et lance par ses yeux les crimes de Néron.
Des nobles passions la foudroyante image,
Avec des traits puissans paroît sur son visage.
Son regard souverain, son geste menaçant
De sa gloire outragée annonce le tourment :
Par la vive clarté que son coup d'œil inspire,
Même avant de parler, on sait ce qu'il veut dire.

ORGANE des Beaux Arts, inimitable Acteur,
Tu changes à la fois, & l'esprit, & le cœur.
Admirons dans *Brizard* [2] d'un Prêtre la décence,
D'un pere la bonté, d'un vieillard la prudence !
Sa beauté sans éclat, ses jeunes cheveux gris,
Ses regards indulgens & ses yeux attendris,
De son jeu naturel les admirables charmes
Aux ingrats Absalons font mettre bas les armes.

---

1 L'Acteur, qui joue les Premiers rôles dans les Tragédies.
2 L'Acteur qui joue, dans les Tragédies, les rôles de Grand-Prê-
tre, de Pere & de Vieillard.

Qu i pourroit exprimer l'extrême étonnement,
Admirable *Brizard* ! le doux raviſſement,
Le ſentiment ſacré , la tendre obéiſſance,
Où tu ſoumets nos cœurs par ta ſeule préſence ?
Pour cimenter ta gloire & ton nom glorieux ,
Vois les ruiſſeaux de pleurs qui coulent de nos yeux. . . .
Les tacites tranſports de nos ardeurs ſecretes
Arrêtent les ébats de nos mains indiſcretes.

    Qu e l viſage ſerein ! quel front majeſtueux !
Quel Héros déguiſé ſe préſente à nos yeux !
Des malheureux Romains c'eſt la mere commune ,
C'eſt l'aſtre du bonheur , le joüet de Fortune ,
C'eſt *Dumeſnil* [1] enfin , le comble de nos vœux ,
Et l'admiration de nos derniers neveux. . . .

    N'employons pas en vain les fleurs de Rhétorique ,
Pour nuancer les traits d'une éloge énergique.
L'éloquence n'a rien d'aſſez grand , d'aſſez beau ,
Pour vanter la clarté de cet ardent flambeau.
Gardons plutôt , gardons un éloquent ſilence :
Je vois trop de vertus entourer la prudence :
Depuis plus de vingt ans , à mon foible pinceau
Chaque jour fourniroit un triomphe nouveau.

    Qu e l s yeux étincelans ! quelle noble hardieſſe !
Quels regards foudroyans ! Quelle eſt cette Princeſſe ,
Qui menace ſon Roi , ſon Tyran , ſon vainqueur ?
A ces traits orgueilleux je connois ſon grand cœur ,
Son courage intrépide & ſa perſévérance.
C'eſt l'illuſtre *Clairon* [2] , l'idole de la France.

---

1 L'Actrice qui joue les premiers rôles dans le Tragique.
2 L'Actrice qui joue les rôles furieux dans le Tragique.

Ce n'eſt pas ſans reſpect, ce n'eſt pas ſans raiſon,
Qu'on célebre par-tout le beau nom de *Clairon*...
Clairon au cabinet, ou *Clairon* traveſtie,
Eſt toujours la *Clairon* ſi chere à ſa patrie....
On deſire *Clairon* chez cent Peuples divers :
Mais *Clairon* ne connoît qu'un Roi dans l'Univers,
Ne connoît que L O U I S, ne veut & ne deſire
Que vivre ſous ſes loix, mourir ſous ſon empire.

P O U R Q U O I, grande *Clairon*, un deſtin rigoureux
Fait-il de tes beaux jours des jours ſi ténébreux.
Comble notre deſir, couronne notre attente ;
Surmonte, ſans retour, ta ſanté chancelante :
Sois longtems le beau lys du jardin des attraits ;
Sois toujours la *Clairon* du Théâtre François.

D E l'Amour enchaîné je vois la tendre image :
J'apperçois de *Gauſſin* [1] l'agréable viſage....
Pleurez, mes yeux, pleurez : un regret enchanteur
S'empare de mes ſens, & fait gémir mon cœur.
L'organe ſéduiſant de la douce tendreſſe
Répand dans mes eſprits une tremblante ivreſſe...
Les ſanglots redoublés d'un amant malheureux,
Le pouvoir abſolu d'un Tyran trop heureux,
Augmentent les tranſports, l'embarras & la peine
De la belle *Gauſſin* ſoupirant ſur la ſcene.

T O N ſilence ingénu, ton verbe languiſſant,
Ton jeu vif & profond, ton geſte intéreſſant,
Admirable *Gauſſin*, ſont l'illuſtre peinture,
Qui tracera ton nom à la race future.
Le deſtin te prépare, à l'ombre d'un laurier,
Un azyle entouré d'un paiſible olivier.

----

[1] L'Actrice qui joue les rôles tendres dans le Tragique.

AMOUR, quand il s'agit de vanter ce qu'il aime,
Un Poëte est heureux, son plaisir est extrême.
Pour moi, je l'avoûrai, je sens de nouveaux feux,
Quand je vois le regard, le soûrire amoureux,
L'agréable enjoûment, la blancheur sans pareille
Les deux brillans yeux bleus & la bouche vermeille
De la charmante *Hus* [1], qui joint à la beauté
Une fiere douceur, une douce fierté,
De la charmante *Hus*, que l'aimable nature
Combla, sans se lasser, de présens sans mesure.

JE ne parlerai pas de ces heureux talens,
Que sa vivacité nous rend intéressans :
Mon cœur, mon tendre cœur, épris de tant de charmes,
Eprouveroit encor les joyeuses alarmes,
Que le sien animé répand sans le savoir.

Si tous les biens du monde étoient en mon pouvoir,
Et si la belle *Hus*, esclave d'un Corsaire,
Du détroit de Paphos, de Gnyde ou de Cithere,
Gémissoit sous le toit d'une libre prison,
Je les sacrifîrois pour payer sa rançon :
Je les sacrifîrois pour un objet si rare :
Je répandrois mon sang ou celui du barbare :
Je répandrois mon sang, si du monde tout l'or
Ne pouvoit dégager ce précieux trésor :
Bien mieux que mon pinceau, mon sang sur la poussiere,
Traceroit de mon cœur le tendre caractere...

La naissante *Dubois* laissons en paix planter,
Enter, faire fleurir, moissonner son laurier,

---

1 L'Actrice qui joue les rôles de Princesses dans le Tragique, &
les amoureuses dans le comique.

Qu e dirai-je à préfent des talens de *Préville* [1] ?
Que ne dirai-je pas du jeu de *Dangeville* [2] ?
L'un le Faquin Marquis critique finement,
Et l'autre la Marquife attrape adroitement.
L'un bannit les chagrins, les foucis & les craintes,
Et l'autre fuit les foins, l'embarras, les contraintes.

Qui pourroit exprimer, fans forcer fon efprit,
La nuance des mots, le burlefque récit,
La jovialité, l'éloquence propice
De ce célebre Acteur, de cette grande Actrice !
N'employons pas en vain un détail fuperflu,
Au François curieux l'un & l'autre eft connu.

Ma Mufe, ne dis plus, & garde le filence ;
Au palais éloquent dérobe ta préfence.
Le jovial *Armand* [3], le fameux *Bonneval* [4],
Le digne fucceffeur de l'illuftre *Grandval* [5],
Et le jeune *Molé* [6] rentrent couverts de gloire,
Vainqueurs & triomphans au Temple de Mémoire.

Ma Mufe, ne dis plus. L'équitable deftin
D'un rameau de lauriers a ceint le front ferein
De *Gauthier*, de *Belcourt* [7] d'*Epinai* [8], de *Préville* [9],
Et Paris applaudit leur triomphe tranquille.

---

1 L'Acteur qui joue les Valets & les Crifpins.
2 L'Actrice qui joue les Soubrettes.
3 L'Acteur qui joue quelquefois les Valets.
4 L'Acteur qui joue les Peres dans le Comique.
5 Le fieur *Belcourt*, qui a fuccédé au fieur *Grandval*, dans les premiers Rôles du haut Comique.
6 L'Acteur qui joue les feconds Rôles dans le Comique & dans le Tragique.
7 L'Actrice qui double Mlle *Dangeville*.
8 L'Actrice qui double Mlle. *Hus*.
9 L'Actrice qui joue les premiers rôles dans le Comique.

Quittons, Muse, quittons le faubourg Saint Germain,
Du Théatre Italien enfilons le chemin.
Je vois du grand Henri la royale mouftache.
Je crois appercevoir la pointe Saint Euftache.
Puifque notre équipage eft chez le Verniffeur,
Et que nos deux courfiers font de mauvaife huméur,
Malgré le vent piquant qui fifle fur la Seine,
Traverfons le Pont-Neuf & la Samaritaine,
Et volons écouter le comique Opéra :
Apollon y defcend, tes Sœurs y font déja.

Les accords féduifans de l'amoureux ramage
De l'aimable *Cailleaux* [1] au Printems du bel âge,
Va charmer notre efprit, enlever notre cœur,
Par la vivacité de fon timbre enchanteur :
La troupe des Plaifirs, des Jeux, des Ris, des Graces,
Dans le champ des Amours conduit fes belles traces.
Tout parle, tout féduit, tout prévient en faveur
De l'air intéreffant de ce brillant Acteur.
Nature, en le formant, a doublé la mefure
Du plus beau vermillon de fa docte peinture :
Illuftre fucceffeur du célebre *Rochart*,
Il feconde, embellit les talens de *Favart*.

Au feul nom de *Favart*, l'éloquence propice
Me trace le portrait de l'immortelle Actrice [2] :
Mais trop jeune eft ma main, trop foible eft mon pinceau,
Pour dépeindre l'éclat de ce vafte tableau,
Dix ans pourroient fuffire à l'ardeur de mon zele :
Mais dix ans pourroient rendre imparfait le modele.

---

1 L'Acteur qui joue les rôles de Raifonneurs, de Lurons, de Payfans, &c.

2 L'Actrice qui joue les premiers Rôles dens les Opéras Comiques.

N'expofons

N'expofons pas la gloire aux dangers du hafard,
Et refpectons en paix le grand nom de *Favart*.

DIS-MOI, Mufe, peut-on, fans admirer, entendre
Le noble & vif éclat, & la mefure tendre
Du gofier de *Defglands* [1], que nos joyeux tranfports
Applaudiffent tout bas, par leurs fecrets accords;
Et le chant glorieux de la jeune *Villette* [2]
Par un facré lien unie à *la Ruette* [3],
Dans fon genre amufant inimitable Acteur,
Célebre Muficien, Pantomime Chanteur.

Ecoutons l'enjoûment & la délicateffe
De la voix de *Defchamps* [4], qu'une mûre jeuneffe
Affoiblit tant foi peu dans fes gafouillemens,
Mais que fon jeu profond rend toujours triomphans.

RÉSISTER au penchant d'un aveugle jeuneffe,
Dans le fein des Amours conferver fa fageffe,
Porter, fans fuccomber, fur un bras chancelant,
La chaîne des vertus, ce fardeau fi pefant,
Méprifer des plaifirs la douceur & la gloire,
C'eft braver, furpaffer, c'eft vaincre la victoire....

Du vainqueur des vainqueurs, d'Amour, ce traître enfant,
Ma Mufe, veux-tu voir le Héros triomphant,
Regarde avec refpect cette belle Danfeufe,
Regarde *Catinon* [5], *Catinon* glorieufe,

---

1 L'Actice, qui joue les Meres, les Tantes & plufieurs autres différens Rôles dans les Opéras Comiques,....quelquefois les Soubrettes.

2 L'Actrice qui joue les jeunes amoureufes.

3 L'Acteur qui joue les Peres, &c.

4 L'Actrice qui joue les Gouvernantes, tantes, &c.

5 L'Actrice qui joue les Amoureufes dans les Comédies ordinaires fans chant, & qui danfe avec applaudiffement.

Avec un doux sourire, un regard enchanteur,
Nuancés dans les traits d'une noble pudeur,
Au milieu des écueils d'un propice naufrage,
Porter un front serein aux voûtes de l'orage.
Sa décente fierté, son généreux dédain,
Meprisent les trésors du riche libertin.
Au Théatre, par choix, soumise dès l'enfance,
On n'y voit que très peu sa modeste présence.
Elle en connoît & fuit les brillans superflus,
La foible utilité, les illustres abus.
On l'y voit encor moins, depuis qu'un lien sage
L'a serré dans les nœuds d'un tendre mariage.

Le Ballet va finir, . . . les mains vont éclater :
Parmi les Grands Seigneurs glissons-nous au foyer,
C'est le péché commun des Enfans du Parnasse,
D'écouter ce qu'on dit, de voir ce qui se passe.

          FIN.